Tucholsky Wagner Zola Scott Sydow Fonatne Freud Schlegel
Turgenev Wallace
Twain Walther von der Vogelweide Fouqué Friedrich II. von Preußen
Weber Freiligrath
Kant Ernst Frey
Fechner Fichte Weiße Rose von Fallersleben Richthofen Frommel
Hölderlin
Engels Fielding Eichendorff Tacitus Dumas
Fehrs Faber Flaubert
Eliasberg Ebner Eschenbach
Feuerbach Maximilian I. von Habsburg Fock Zweig
Ewald Eliot Vergil
Goethe Elisabeth von Österreich London
Mendelssohn Balzac Shakespeare Dostojewski Ganghofer
Lichtenberg Rathenau Doyle Gjellerup
Trackl Stevenson Hambruch
Tolstoi Lenz Droste-Hülshoff
Mommsen Hanrieder
Thoma von Arnim Hägele Hauff Humboldt
Dach Verne Rousseau Hagen Hauptmann Gautier
Karrillon Reuter Garschin Baudelaire
Defoe Hebbel
Damaschke Descartes
Hegel Kussmaul Herder
Wolfram von Eschenbach Dickens Schopenhauer Rilke George
Bronner Darwin Melville Grimm Jerome Bebel Proust
Campe Horváth Aristoteles Voltaire Federer
Bismarck Vigny Barlach Heine Herodot
Gengenbach
Storm Casanova Tersteegen Grillparzer Georgy Gilm
Chamberlain Lessing Langbein Gryphius
Brentano Lafontaine
Strachwitz Claudius Schiller Kralik Iffland Sokrates
Katharina II. von Rußland Bellamy Schilling
Gerstäcker Raabe Gibbon Tschechow
Löns Hesse Hoffmann Gogol Wilde Gleim Vulpius
Luther Heym Hofmannsthal Morgenstern
Klee Hölty Goedicke
Roth Heyse Klopstock Kleist
Luxemburg Puschkin Homer Mörike Musil
La Roche Horaz
Machiavelli Kierkegaard Kraft Kraus
Navarra Aurel Musset Moltke
Nestroy Marie de France Lamprecht Kind Kirchhoff Hugo
Laotse Ipsen Liebknecht
Nietzsche Nansen Ringelnatz
Marx Lassalle Gorki Klett
von Ossietzky May Leibniz
vom Stein Lawrence Irving
Petalozzi Knigge
Platon Kafka
Sachs Pückler Michelangelo Kock
Poe Liebermann
de Sade Praetorius Mistral Zetkin Korolenko

Der Verlag tredition aus Hamburg veröffentlicht in der Reihe **TREDITION CLASSICS** Werke aus mehr als zwei Jahrtausenden. Diese waren zu einem Großteil vergriffen oder nur noch antiquarisch erhältlich.

Symbolfigur für **TREDITION CLASSICS** ist Johannes Gutenberg (1400 — 1468), der Erfinder des Buchdrucks mit Metalllettern und der Druckerpresse.

Mit der Buchreihe **TREDITION CLASSICS** verfolgt tredition das Ziel, tausende Klassiker der Weltliteratur verschiedener Sprachen wieder als gedruckte Bücher aufzulegen – und das weltweit!

Die Buchreihe dient zur Bewahrung der Literatur und Förderung der Kultur. Sie trägt so dazu bei, dass viele tausend Werke nicht in Vergessenheit geraten.

Ohne Bewilligung

Leopold Kompert

Impressum

Autor: Leopold Kompert
Umschlagkonzept: toepferschumann, Berlin

Verlag: tredition GmbH, Hamburg
ISBN: 978-3-8472-7076-8
Printed in Germany

Leopold Kompert

Ohne Bewilligung

(1848)

Einen schönern Anblick als heute hat die Gasse schon lange nicht gehabt. Es ist Cholemoed, und wie ein lustigtoller Junge, der in seiner Seeligkeit nicht weiß, was er früher anfangen soll, geht er im Ghetto auf und nieder und lacht und scherzt und treibt ausgelassene Possen. Wir bemerken für Diejenigen, denen die Sprache der Offenbarung – wie hottentotisch klingt, daß der Cholemoed jene schöne Zeit der Halbfeiertage ist, die jährlich zweimal, am Ostern- und am Laubhüttenfest einfällt. Denn wie man weiß, sind diese beiden Feste sehr langathmiger Natur; sie dauern durch volle acht Tage. Da hat aber der kluge Gesetzgeber, der sehr wohl wußte, daß es der Mensch in Leid und Freud nie lange aushält, den Cholemoed hineingeschoben. Das ist ein Tag wie jeder andere; man kann seinen Geschäften nachgehen wie sonst, auch nimmt die Synagoge nicht den größten Theil des Vormittags weg; wie überhaupt tausend Zeichen, die man aber mehr empfinden als sehen muß, es beweisen, daß heute nicht ›Jontef‹ (Feiertag) ist. Dennoch blickt eben derselbe ›Jontef‹ überall hindurch; es ist, als ob man den Leuten verboten hätte, davon zu sprechen, und sie ließen nun in Ermanglung dessen, ihre Kleider, Gesichter und Geberden es einander zurufen. Über allem Thun und Treiben liegt ein eigenthümlich festlicher Duft, nirgends tönt der grelle Schrei des ›Geschäftes‹, und nur, um gleichsam nicht aus der Übung zu kommen, geht der tägliche Erwerb auch heute seine gewöhnlichen Wege. Aber es waltet nicht der sonstige Geist der Betriebsamkeit; man sieht es dem Rücken, der sich unter dem Packe mit Kattuntücheln und Westenstoffen krümmt, an, daß er sich lieber an die weichen Polster eines Sabbatsitzes lehnen, und den Augen, die einen Sack Wolle mustern oder ein Stück Seidenband abrauschen lassen, daß sie sich weit lieber am Dufte der Jontefspeisen weiden möchten! –

Der Cholemoed ist, um ›hoch‹ zu sprechen, gleichsam das vermittelnde Princip zwischen den stummen Lippen des Sabbats und der hastigbeweglichen Gestikulation eines gewöhnlichen Werkeltages. Daher auch sein so eigenthümlicher Charakter!

Muß man es nicht geradezu sagen, daß selbst die Natur heute Cholemoed hält? Singen die Vögel nicht lauter, scheint nicht die Sonne freudiger? Wie goldene Knäuel wirft sie ihre Strahlen über die engen Giebeldächer des Ghettos! Oben ist Licht, unten halbe Dämmerung. Wo aber die Gasse breiter ist, da lösen sich die goldenen Fäden auf und fallen gewaltig hinab; wer dann zufällig darunter geht, dessen Gesicht wird ganz angestrahlt und sonnig, beinahe ganz vergoldet! –

Da kommt mir gerade so ein sonnigvergoldetes Gesicht in den Weg! Ich kenne und grüße dich, Jaikew Lederer, und möchte dir gerne ›Salem Alechem‹ zurufen, wüßte ich nicht, daß der Friede schon in deinem Herzen ist! Die ganze Woche hat er sich auf den Märkten herumgetrieben, und mit schlechtem böhmischen Accent sein: laczini, laczini (wohlfeil) geschrien, die Elle hat in seiner Hand geklappert, und vielleicht hat er doch nichts ›gelöst‹. Aber heute ist er zu Hause geblieben und der Cholemoed findet kein gläubigeres, ihn tiefer ehrendes Gemüth als das gehetzte Menschendasein unseres Jaikew Lederer!

Wie er da geht mit den nachlässig ineinanderschlenkernden Händen auf dem Rücken, ein ›Jontefliedel‹ vor sich hin murmelnd, das der Vorsänger gestern zum ersten Male in der Synagoge angestimmt, auf seinem Haupte den wohlausgebürsteten Sabbathut, und auf dem Leibe den alten auf so vielen Dorfwanderungen erprobten, etwas fadenscheinigen Rock, über den jedoch ein weißes Halstuch die milde Poesie des Feiertags herableuchtet, mit diesem lächelnden, auseinandergefalteten, ruhig sichern Antlitz – ist Jaikew Lederer nicht der leibhaftige Cholemoed selber?

Wahrhaftig jenes alte Mütterchen, das dort an der großen Stiege einen Detailhandel mit schimmeligem Käse und runzligen Citronenschalen treibt, hat uns ganz aus der Seele gesprochen, wenn sie dem Vorbeischreitenden zuruft: Gehst du heut' nicht aufm Dorf, Jaikew? weil wir zugleich wußten, welche Antwort ihr der geben werde.

»Wo fallt ihr aus, Muhm Eitel?« sagt er, »heut' auf'm Dorf gehen!! Soll denn der Bauer das ganze Jahr kein Ruh' vor mir haben? Oder soll nur der reiche Schmul Brandeis bei Weib und Kind daheim bleiben können und Küchel essen, und ich Jaikew Lederer mit dem Pack herumlaufen, weil ihm Gott ein paar ›Pehm‹ mehr bescheert hat, als mir? Heut' ist Cholemoed und mich bringt kein Mensch aus der Kille (Gemeinde) fort!«

Damit schreitet er weiter und das Jontefliedel auf seinen Lippen, das er wieder angestimmt hat, verhallt in dem muntern Getöse des Ghettos.

Denn auch anderwärts erblicken wir die Lebenszeichen des Halbfeiertages. In den Gewölben stehen die geputzten Hausfrauen, oder sitzen in Gruppen, plaudernd und scherzend davor! Das ›Geschäft‹ ist heute Nebensache; aber seht nur diese buntbebänderten Hauben, diese goldenen Halsketten, diese schimmernden Perlschnüre! Gönnt ihr diesen armen Frauen nicht ebenfalls ihren Cholemoed, wo sie das Alles ins gehörige Licht stellen können? –

Zwischendurch rennen lärmende Knaben; die brauchen heute keinen Schulstaub zu schlucken. Da steht eine Mutter umringt von drei Schreiern, die Geld zum Spielen begehren. Der eine rankt sich hinauf, ihr freundlich liebkosend, der andere hätschelt ihr die Hände, während der dritte und kleinste feinlistig an der Schürze zerrt, wo sich die klingende Münze befindet. Sie widersteht lange, endlich ergibt sie sich.

»Und was werdet ihr mit dem Geld anfangen?« fragt sie.

»Heut' ist Cholemoed«, antworteten die Schreier im Dreiklang und rennen mir ihrer Beute davon. –

Man müßte die ganze Tiefe eines Mutterherzens zu deuten wissen, wollte man jenes Lächeln verstehen, wenn die Mutter, nachdem sie einen langen Blick den davoneilenden Knaben nachgeworfen, sich zu einer nebenan stehenden, reich gekleideten Frau wendet und zu ihr spricht:

»Sehen Sie, Madame Vögele, das hat man davon, wenn man Kinder hat!«

Und warum fällt aus den Augen jener Reichgekleideten bei diesen Worten ein so gallicht grüner Schein heraus? Wurde sie beleidigt? – Die Frau hat nämlich keine Kinder. –

Dort an der alten Synagogenmauer, wo die drei Nußbäume stehen, die dem ›Schameß‹ (Schuldiener) so gute Nüsse aufs ganze Jahr geben, ist ein Haufe spielender Knaben beisammen. Sie üben sich im ›Kopf und Adler‹. Eine Münze nähmlich wird an die Wand geworfen und da muß man entweder auf den ›Kopf‹ des Kaisers oder sein Wappen, den ›Adler‹ gewettet haben, um wie eines von beiden fällt, zu gewinnen oder zu verlieren. Dem rothhaarigen Burschen mit dem sommerfleckigen Gesicht lacht eine häßliche Freude aus den Augen; er trägt das Geld seiner meisten Spielkameraden in der Tasche. Einem andern mit sanften lieben Zügen rinnen helle Thränen über die Wange. Er hat alles verloren, was ihm die Mutter zum Cholemoed gegeben...

Die Scene ändert sich mit einem Male. Am Anfang der Gasse zeigt sich eine Kutsche, auf dem Bocke sitzt ein rothgejackter Postillion, der die Peitsche lustig knallen läßt. Einen Augenblick darauf sieht man einen jungen Mann heraussteigen, der kommt gerade auf das Ghetto los! Bei seinem Anblick geht ein Zischeln stiller Verwunderung durch die Gewölber, durch die geputzten Hausfrauen. Neugierige Mädchenköpfe erscheinen an den Fenstern; selbst die Knaben rasten für einen Augenblick. Der junge Mann, wie ein ›Prinz‹ gekleidet, blitzende Ringe an allen zehn Fingern, die einen magischen Glanz um sich warfen, um den Hals eine vornehm atlassene Cravate geschlungen, ist vor einem Gewölbe stehen geblieben und hat sich dort nach der Wohnung des Rebb Schmul Brandeis erkundigt.

Bei dieser Frage sieht man plötzlich aus dem Rudel der Knaben einen herausstürzen, der gleichsam mit verhängten Zügeln auf das Haus von Rebb Schmul Brandeis losrennt. Der Glückliche! Er wird der Erste sein, der dort die Nachricht von der Ankunft der Kutsche verbreiten wird. Das schönste ›Beckenbrod‹ wartet dann seiner! –

»Dort wird's heut einschlagen«, meinte die Mutter jener drei Schreier zu der Reichgekleideten; »ich hab' den Schadchen das ganze Jahr da hinauflaufen sehen.«

»Hat auch schon Zeit«, entgegnete die andere darauf mit spöttischem Lächeln, »Sie klaubt sich mit ihren zehntausend Gulden schon lang genug herum. Die' schönsten Parthien sind ihr schon geredet worden; vielleicht bleibt sie doch einmal hängen.«

»Kriegt sie denn wirklich zehntausend Gulden?«

»Baare zehntausend Gulden und eine Ausstattung – eine Prinzessin kann sie nicht schöner haben.«

Die beiden Frauen hatten es getroffen; der junge Mann in der atlassenen Cravate mit den blitzenden Ringen war wirklich zu der Tochter von Rebb Schmul Brandeis auf die ›Beschau‹ gekommen. –

Das alles aber, der junge Mann und die Tochter von Rebb Schmul Brandeis und ihre zehntausend Gulden und die ›Beschau‹ wird jetzt über einen andern Anblick vergessen. Aus dem Hause des Rabbiners kommt jetzt eine Schaar ›Kaules‹ (Bräute) und Bräutigame heraus. Die gehen jetzt einen schweren Gang – sie müssen nähmlich aufs ›Kreisamt‹, wo sie aus dem ›Bne Zion‹[1] werden geprüft werden. Diese Furcht ist besonders einigen unter ihnen, stämmigen Gestalten, die man an der bäuerischen Aussprache des Jargons als ›Dorfmaden‹ und ›Landmotzen‹ erkennt, nicht zu verargen. Sie treten vielleicht zum ersten Male aus dem stillen Bereiche ihrer Heimath und sollen nun in Gegenwart des Kreishauptmanns Rechenschaft ablegen, was sie von der Religion ihrer Väter wissen oder nicht wissen. Bei andern ist der Blick wieder stolzer und sicherer. Denen ist die Prüfung nichts, sie haben das ›Bne Zion‹ im kleinen Finger; sie lachen auch die furchtsamen ›Dorfmaden‹ aus. Mit denen hat sich freilich der Hauslehrer nicht durch ein halbes Jahr geplagt, ehe ihnen die ›Moral‹ in den Kopf ging. Sie werden auch hochdeutsch antworten und schon im Voraus freuen sie sich auf die verkehrten Antworten so einer ›Dorfmad‹ oder eines ›Landmotz‹ – die glücklichen, eingeschulten hochdeutschen Mädchen des Ghettos! – –

Durch alle diese Auftritte und gleichsam wandelnden Bilder war das lächelnde Cholemoedgesicht Jaikew Lederers durchgeschritten. Er hatte sich nirgends aufgehalten, keinen Augenblick war das Jontefliedel auf seinen Lippen verstummt; wie ein Grundton zog es sich durch die verschieden klingenden und tosenden Laute des Ghettos. Nur als er an den zur Prüfung gehenden Bräuten und Bräutigamen vorüberkam, war er still geworden; er sah ihnen lange nach, bis sie um die Ecke des ›Kriminals‹ verschwunden waren.

---

[1] Nach den bestehenden Gesetzen muß jede Braut und jeder Bräutigam des Ghettos, bevor sie an das ›Einkommen‹ um die Heirathsbewilligung denken dürfen, zuvor aus dem religiös moralischen Lehrbuch ›Bne Zion‹ in Gegenwart des Kreishauptmanns und des Kreisrabbinen geprüft werden. Dieses Lehrbuch, in seinen Formen veraltet, ist jetzt durch ein neues und zeitgemäßeres, von Dr. Wessely in Prag, ersetzt worden.

Jetzt war er in die Nähe der spielenden Knaben an der Synagogenmauer gekommen; es war gerade ein heftiger Streit unter ihnen ausgebrochen.

Der Rothhaarige nähmlich, der mit dem sommerfleckigen Gesicht, hatte falsch gespielt. Als er sah, daß sich die kugelnde Münze nicht zu seinem Vortheil wies, hatte er ihr durch eine schnelle Bewegung des Fußes eine ihm günstige Wendung gegeben. Die Andern schrien Verrath und Betrug. Namentlich der Knabe mit den sanften, lieben Zügen war darüber untröstlich; denn er stand gerade mit dem Rothhaarigen in der Wette. Der wollte sich aber nicht so ruhig ergeben, er behauptete seinen Betrug. Wie feurige Streiter für Recht und Wahrheit stürzten die Andern auf ihn los und bald war der Rothe eingekeilt zwischen den Fäusten der jugendlichen Rächer.

»Wart' nur,« rief er zähneknirschend dem sanften Knaben zu, »wart' mir du Bankert; denn so einer bist du, dein Vater hat so ohne Rischojin geheirat!«

Der Knabe fing laut zu weinen an. –

Jaikew Lederer war nun ganz nahe getreten; er hatte den Schimpf des Rothhaarigen und das Geschrei des sanften Knaben vernommen. Mit einer hastigen Bewegung fuhr er in den Kreis, ergriff den Weinenden beim Arm und führte ihn, ohne ein Wort weiter zu sprechen, mit sich fort.

Und wie er jetzt durch das Ghetto ging, den Knaben an der Hand, der sein eigenes Kind war, ihr hättet den frühern Jaikew Lederer nicht mehr erkannt. Verstummt war das Jontefliedel auf seinen Lippen, dafür zuckte darauf ein bitterer Schmerz, der sich sogar bis in die Augen zu erstrecken schien, weil sie so feucht glänzten – verschwunden war das lächelnde Cholemoedgesicht!

Diese plötzliche Wandlung unseres Jaikew Lederer hatte ihren guten Grund. Wir hätten den auch früher schon erwähnen sollen, aber es ging wahrhaftig nicht an! Wie konnten wir dem seeligen schönen Cholemoed so etwas gerade ins Gesicht hineinsagen?

Dieser Jaikew Lederer hatte wirklich ohne Bewilligung geheirathet, und da der Rothhaarige in seinem Grimme einige Blätter aus

Jaikew Lederers Leben und Dasein zurückgeschlagen hat, so wollen wir sie schon festhalten und nicht eher weitergehen, bis wir sie gelesen haben. –

Durch eine sonderbare Fügung des Schicksals hatte Jaikew Lederer eine ganz auffallende Ähnlichkeit mit seinem Urahnen gleichen Namens, nähmlich den Patriarchen Jakob. Ja, wenn das schöne duftige Stück Romantik von der Liebe Jakobs zu Rachel nicht als verbürgte Thatsache verzeichnet stünde im ersten Buche Moses, im so und so vielten Kapitel, man wäre versucht zu glauben, das Ganze sei nur eine Allegorie auf die künftigen Schicksale *unseres* Jaikew Lederer!

Auf viel Romantik darf man sich freilich nicht gefaßt halten, denn wir sind im Ghetto! und da haben die Leute etwas ganz anderes zu thun, als müßig an den Cisternen zu stehen und den schönen Rahels die schweren Brunnensteine wegwälzen zu helfen. Die Leute sind da selbst Steine und müssen sich schieben und wälzen lassen, wie man nur will. Dergleichen Unähnlichkeiten werden überhaupt noch mehrere vorkommen. Das ist aber nicht unsere Schuld. Eines hatten sie aber Beide gemein; sie hatten jeder ihren *Laban*; – den unseres Jaikew wird man alsogleich erkennen.

Wie sein Ältervater, der Patriarch, hatte auch unser Jaikew das Unglück ein Spätgeborner zu sein, ja er übertraf ihn noch; er war der Viertgeborne unter seines Vaters Söhnen. Die alten jüdischen Mütter, die noch im Lande Kanaan ihre Kinder säugten, wie freuten sie sich und priesen den Herrn, wenn sie sich an der Kraft vieler Söhne weiden konnten! Sie würden es kaum glauben, wenn wir ihnen den Jammer *unserer* Mutter erzählten, die sich weit mehr nach Mädchen als nach Knaben sehnen. »Wo wird mein Jüngel eine Familie[2] hernehmen?« hört man sie oft rufen und dieselbe Frage hat

---

[2] Die Zahl der ansässigen Juden in Böhmen ist seit langer Zeit auf einige tausend ›Familien‹ beschränkt; sie reicht aber nicht mehr aus, da sich die Popularisationsverhältnisse seitdem so verändert haben. Die ›Besitzer‹ solcher Familien, die erblich sind, genießen mancherlei Begünstigungen; sie sind auch verkäuflich oder werden von den Gutsherrn und Magistraten vergeben. Oft geht die halbe Aussteuer für den Ankauf einer solchen Familie hin und nur der diplomirte Gelehrte oder der besteuerte Handwerker unterliegen dieser Bestimmung nicht. Ihre Kinder sind deswegen doch ›familienlos‹. –

auch die Mutter unseres Jaikew schon in den ersten acht Tagen nach seiner Geburt – ohne Beantwortung an sich gerichtet.

Sein Vater, Rebb David Lederer war zwar ein Familiant; das ging aber unsern Jaikew gar nichts an. Denn nach dem Gesetz mußte sein ältester Bruder Ruben die Familie ererben. Der war wirklich beneidenswerth, er hatte schon eine Familie, noch ehe er im Stande war, den Begriff dieses Wortes aufzufassen. Sein zweiter Bruder Nathan war noch ebenfalls glücklich zu nennen, er war ein Gelehrter d.h. Doktor geworden und konnte ohne Familie heirathen. Anschel, sein dritter Bruder genoß als ehrlicher Schneider dieselbe Begünstigung wie der Doktor; er hatte gleichfalls ohne Familie sich eine schaffen können, nur Jaikew selbst, der weder Erstgeborner noch Doktor, noch Handwerker, sondern ein ›Dorfgeher‹ geworden war, durfte von Staatswegen, auf keine Familie Anspruch machen! –

Es ist sonderbar, wie man so geboren werden und fortleben kann, wenn man eigentlich weiß, daß man ein Staatsverbrecher ist. Denn so einer war doch unser Jaikew, man mag nun sagen, was man will. Es ist wahr, die Erstgeburt konnte man ihm so wenig als Rebekka ihrem zweiten Sohn verschaffen, aber warum wurde er nicht gleichfalls ›Doktor‹ oder ›Schneider‹? warum verkannte er so Zweck und Absicht der ›Familien‹? Da er nun aber, vielleicht schon der Abwechselung wegen, den Beruf eines ›Dorfgehers‹ gewählt hatte, was ließ sich da an der Sache ändern? War Jaikew also, da ihm schon von vorhin eine jede Aussicht auf eine ›Familie‹ benommen ward und er doch nach aller menschlichen Berechnung den Willen hatte, sich eine zu verschaffen, nicht schon beim Eintritt in die Welt ein sogenannter ›Staatsverbrecher‹?

Jaikew war auch wirklich in jene Jahre getreten, wo er diesen Willen und auch den der Natur thätig beurkunden wollte. Er hatte seine Augen auf ein schönes ›Resele‹ geworfen; sie war die Tochter eines armen Dorfgehers, wie er selbst war. Diese Wahl machte unserm Jaikew alle Ehre, denn seine Resel war wirklich eine holde Blume des Ghettos, als ›Parthie‹ war sie aber nicht die beste; denn die Aussteuer betrug nur etliche hundert Gulden. Dennoch, als beim Tnoimschreiben nun schon die Schale zum Zerbrechen hergelangt wurde, zum Zeichen, daß Jaikew und Resel Chosen (Bräutigam) und Kalle (Braut) geworden seien, fragte man: »Wo wirst Du aber eine ›Familie‹ hernehmen, Jaikew? Du bist ja ein Viertgeborner.« »Erst will ich ein Chosen sein«, antwortete er, »für die Familie wird Gott schon sorgen!«

Giebt es nicht eine Menge Leute, die alt werden und grau und zuweilen auch sterben, ohne einen richtigen Begriff vom ›Staate‹ mit sich zu nehmen? Er trat nur zu bald in eine genaue Bekanntschaft mit diesem räthselhaften Wesen, dem sich keiner so ganz entziehen kann, weil man es vor, hinter und neben sich hat – wie jenen berühmten Zopf – –

Die ersten drei Jahre seines Brautstandes waren vorüber und Jaikew hatte noch keine ›Familie‹. Es waren zwar während dieser Zeit eine Menge ›Familianten‹ gestorben, aber die zweiten und dritten Söhne der reichen ›Balbatim‹ waren ihm immer zuvorgekommen; nicht eine Familie war für ihn geblieben. Sein ›Resel‹ war indeß zu einer schönen Rose erblüht.

Das war es auch vielleicht, was unsern Jaikew bewog, Erde und Himmel in Bewegung zu setzen, damit er seinen ›Reschojin‹ oder die Heirathsbewilligung erhalte. Wenn nur nicht der ›Staat‹ gerade in der Mitte zwischen beiden gelegen wäre! Auf eine ›Familie‹ konnte er sich nun einmal keine Hoffnung machen; sie flog ihm immer hart am Mund vorüber. Da wollte Jaikew es versuchen, ob es nicht auch ohne Familie gehen würde. Er stellte also die Zeugnisse zusammen, die er zur Heirathsbewilligung nöthig hatte, und da selbst das Kleinste und Unbedeutenste unserer Wißbegierde etwas zuführen kann, so wollen wir das ziemlich dicke Bündel von ›Attesten, Gutachten und Bestätigungen‹, die alle auf theure Stempelbogen geschrieben sein mußten, ein wenig durchblättern.

Zuerst der ›Conscriptionsbogen‹, worin bestätigt wurde, daß Jaikew vom Soldatwerden frei sei. Er war schon einmal bei der Assentirung gewesen – hatte aber eine schwache Brust. Nun, das war in der Ordnung!

Dann kam das ›Blutverwandtschaftszeugniß‹, ein sehr nöthiger Beweis, daß Jaikew in keinem unerlaubten Gliede mit seiner Braut verwandt war.

Hierauf das ›Bne Zionzeugniß‹, von dem wir bereits wissen.

Das ›Schulzeugniß‹, daß er geboren wurde und

Ein ›Beschneidungszeugniß‹, was eigentlich unnöthig war; denn wozu ward er geboren?

Ein ›Wohlverhaltungszeugniß‹, daß er ein wohlgesitteter Mensch sei. Nun, in diesem Punkte konnte man wahrhaftig ruhig sein. Jaikew that das ganze Jahr nichts Schlechtes; er betrank sich nie und machte Nachts keinen Lärm. Wir fragen noch, wer verhält sich im Ghetto nicht wohl?

Endlich kam noch das ›Religionszeugniß‹, als nothwendige Ergänzung zu dem Geburts- und dem andern Zeugniß, wie nämlich Jaikew acht Tage nach seiner Geburt auf jüdische Weise getauft wurde und zuletzt

Der ›Todtenschein‹, daß sein Vater bereits das Zeitliche gesegnet. –

Mit so viel Zeugnissen, Bogen und Scheinen sollte man glauben, hätte Jaikew eben so viele Heiratsbewilligungen erlangt; – aber er bekam nicht eine! Denn das Wichtigste fehlte in dem dicken Bündel; nämlich der Auszug aus dem Judenfamilienbuche, Jaikew war leider kein Familiant.

Die Zeugnisse wurden eingereicht, ein halbes Jahr verstrich, während Jaikew schon wähnte, das Gubernium hätte schon längst sein großes Amtssiegel auf den Reschojin gedrückt. Da bracht ihm an einem Sabbat der ›Magistratspolizei‹ das ganze Bündel zurück, in Begleitung noch einer andern ›Zustellung‹, deren ganzer Inhalt sich auf die wenigen Worte beschränkte, wie da dem Jakob Lederer, Handelsjud, wohnhaft sub N, G 15 wohl bekannt sein solle, daß man ohne den Auszug aus dem Judenfamilienbuche, wenn man sonst nicht durch die Bestimmungen der Gesetze (die hier nach ihren §§ angeführt wären) befreit sei, um die Heirathsbewilligung nicht einkommen dürfe, wie also der Jakob Lederer schon wegen Unkenntniß der Gesetze und Unterlassung ihrer Befolgung für diesmal gänzlich abzuweisen sei. –

Unter der Zustellung stand der Name eines Magistratsrathes unterfertigt, zum Beweise, daß das dicke Bündel mit Zeugnissen während eines halben Jahres noch keinen Fuß über das Rathhaus hinausgesetzt hatte. –

Jaikew Lederer und seine ›Rose‹ sahen dadurch ihre nächste Zukunft wie mit einem scharfen Messer durchschnitten; es vergingen wieder drei Jahre, ehe sie sich von der ersten Abfertigung erholt hatten. Eines hatte aber die Zustellung abzufertigen vergessen, nämlich, daß sie aufhören sollten, einander anzugehören, sich zu lieben und zu hoffen, wiewohl das ›implicite‹ ebenfalls verstanden ward. –

Es ist etwas Rührendes um so ein altgewordenes Brautpaar. Nur ganz schämig tritt da die Liebe auf, sie drückt sich verstohlen die Hände und erröthet nur, wenn es die Leute nicht sehen. Sie kennt das Geheimniß, das sie in den ersten blühenden Jahren erwachen hieß, beinahe auswendig und kann doch nicht sagen, wie es nach gänzlicher Lösung aussieht – ihr Sehnen gränzt so nahe an Befriedigung und ist doch nur ein peinliches Mittelgefühl zwischen beiden. Die Leute hatten ihren Spaß daran, wenn sie über das alte Brautpaar spotten konnten. Am Sabbat gingen Jaikew und Resel gewöhnlich ganz allein spazieren, denn sie paßten weder zu den ›Jungen‹ noch zu den Eheleuten. Die Leute meinten dann, warum man denn die Zwei so allein gehen lasse? ob denn das nicht gefährlich sei? – –

Jaikew hatte noch einmal ›eingereicht‹ und diesmal ließ die ›Zustellung‹ nur vier Wochen auf sich warten. Dafür war sie diesmal in einem weit weniger zärtlichen Tone abgefaßt, als das erste Mal; es stand darin von einer ›Nichtmehrbehelligung‹ des Gerichtes und andern ›Zurechtweisungen‹, wie diese lieblichen Ausdrücke lauten. Es war im vierzehnten Jahre ihres Brautstandes, Jaikew war ein alter Jung' mit sechs und dreißig Jahren, Resel zählte nur um drei weniger. Jaikew brachte die Zustellung in's Haus seiner Braut, sie lasen sie zusammen und der ›alte Jung'‹ und die ›alte Mad‹ weinten zusammen wie Kinder oder etwa wie Jakob und Rahel, als ihnen Laban ebenfalls seine Abfertigung zugeschickt hatte. –

In Jaikew artete die vierzehnjährige Geduld zuletzt in stille Wuth aus. Eines Tages sprach er zu seiner Resel: »Ich seh' schon, mit dem Reschojin ist nichts, der Magistrat will nicht und ich will auch nicht länger warten. Möchtest Du nicht Chasne (Hochzeit) machen, Resel?«

Resel schwieg dazu und noch sonderbarer, sie erröthete nicht einmal bei einer so zarten Frage. War sie denn mit dem Klange und dem Begriff der ›Chasne‹ so gar nicht in der langen Zeit vertraut worden?

»Nu möchtest Du?« fragte er noch einmal.

»Ich möcht'«, sagte sie leise.

»Gut«, rief Jaikew, »in vierzehn Tag' machen wir Chasne und wenn auch ohne Reschojin.« –

Kann man nach vierzehn Jahren auch etwas anderes anfangen?
Die Eltern des alten Brautpaars hatten gegen diese Selbstbewilli-
gung auch nichts einzuwenden, nach zweimal sieben Jahren läßt
man schon die ›Familianten‹ fahren. Die Hochzeit ward auf dem
Lag Beomer[3] festgesetzt.

Die Chasne wurde nicht in der Gemeinde, sondern auf einem
Dorfe gehalten, weil man jede Öffentlichkeit vermeiden mußte. Es
wurden nur so viel Gäste dazu geladen, als man nöthig hatte, um
ein Minjan (zehn Personen) herauszubringen. Es ging überhaupt
ohne alles Gepränge dabei zu. Die Chuppe oder der Traghimmel,
worunter die Zwei getraut werden sollten, wurde nicht unter freiem
Himmel, sondern in der Stube aufgerichtet und da sprach ein armer
Rebbe[4] , weil der Kreisrabbiner als öffentliche Standesperson sie
nicht vermählen durfte, den Segen über den alten Jung' und seine
Braut.

Bei dem großen Hochzeitsmal, das darauf folgte, war die junge
Frau besonders traurig. Unter der goldenen Haube, mit der sie früher zum Zeichen, daß sie nun nicht mehr zu den Mädchen gehörte,
bedeckt war und deren Fransen ihr tief in die Augen hingen, rannen
heiße Thränen hervor. Es kränkte die Arme, daß sie so heimlich und
hinter aller Welt ihre Chasne haben mußte, als hätte sie Gott behüt'
früher etwas angestellt.

»Sei still, Resel«, flüsterte ihr der weit lustigere Jaikew zu, »ich
hab' Dich auch ohne Reschojin gern.« –

Am anderen Tage war aber Jaikew Lederer ganz seelig – zu seinem Glücke fehlte nicht einmal – der ›Reschojin‹.

---

[3] Die sieben Wochen zwischen dem Pesach (Ostern) und Schabuoth
(Wochenfest) haben eine gewisse Ähnlichkeit mit dem Fasten, nach dem
Aschermittwoch. Jede Art Lustbarkeit wird aus Scheu vor der Einwirkung
gewisser böser Kräfte, die um diese Zeit walten, unterlassen. Nur der drei und
dreißigste Tag ist davon ausgenommen; da fallen Hochzeiten und sonstige
Unterhaltungen vor. Dieser Tag heißt Lag Beomer oder auch Schülerfest.
[4] Nach talmudischer Ehegesetzordnung innerhalb des Ghettos vollkommen
giltig.

Verstummt war, sagten wir, das Jontefliedel auf seinen Lippen, dafür zuckte darauf ein bitterer Schmerz, der sich sogar bis in die Augen zu erstrecken schien – verschwunden war das lächelnde Cholemoedgesicht. –

Wißt ihr nun, warum Jaikew Lederer den Mädchen und Jungen, die zur ›Bne Zionprüfung‹ gingen so lange nachblickte? warum er sein Kind so stürmisch bei der Hand nahm und es mitführte? woher seine plötzliche Wandlung?

Der Mensch betrübt sich oft maaßlos über ganz unbedeutende Dinge, die ihm bei kälterem Blut oft eben so lächerlich erscheinen. So hätte Jaikew Lederer sich eigentlich aus dem Schimpf des Rothhaarigen nichts machen sollen denn sein Kind war durch ›ehrlicher‹ Leute Kind, wenn auch ohne – Reschojin. –

Vielleicht war es eine dunkle Ahnung, die ihn plötzlich wie ein Räuber überfiel, daß der eben gehörte Schimpf nur die Unterlage eines weit größeren Unheils sei. –

Mittags, als Jaikew Lederer mit Weib und Kind bei Tisch saß, klopfte es an die Thüre und auf das ›Herein‹ trat der ›Magistratspolizei‹, einen Zettel in der Hand, in die stille Behausung. Wer kennt nicht aus eigener Erfahrung den Schrecken, der von der exekutiven Gewalt ausgeht? Jaikew Lederer und sein Weib waren blaß wie der Tod geworden.

Die eingetretene ›Polizei‹ war übrigens eine alte Bekanntschaft von Jaikew; sie hatte ihm immer die ›Zustellungen‹ und Abfertigungen vom Magistrate zugebracht und dafür, so traurig gewöhnlich der Inhalt war, etwas in die Hand bekommen. Die Polizei grüßte bei ihrem Eintreten auch ganz familiär und entledigte sich ihres Auftrages nicht in jener bärenbeißigen Weise, die schon mit der Kralle nach Einem greift, wenn man noch zehn Schritte vor ihr steht.

»Jaikew Lederer«, sagte sie, indem sie ihm eine Zustellung, überreichte, »ihr müßt Euch Dienstag früh, Schlag 9 Uhr aufs Rathaus stellen. Ihr seid vom Herrn Bürgermeister vorgeladen.«

»Wer? ich?« fragte Jaikew mit jener lächelnden Unschuld, wie sie die Angst erpreßt, »was will der Bürgermeister von mir?«

Die Polizei entschuldigte sich, daß sie diese Frage nicht beantworten könne, und setzte sich währenddem ganz breit an den Tisch hin, als wollte sie sagen: wenn ich will, so habt ihr das Alles nicht! Resel verstand diese stumme Sprache der ausübenden Gewalt, sie schnitt sogleich ein großes Stück Jontefkuchen und stellte es ihr, wie einen schuldigen Tribut, hin. Mehr und weniger schmeicheln wir ja alle der ›Gewalt‹, Resel wollte sie mit einem Stück Kuchen kirren!

Im Angesichte der essenden Polizei hatte Jaikew eine mühsame Fassung erheuchelt, kaum war sie aber fort, so stieß er Gabel und Messer von sich und bedeckte sich mit beiden Händen das Antlitz.

»Wehgeschrien«, rief Resel, »was hast du angestellt Jaikew? Du hast doch keinen Diebstahl gekauft?«

Zu jeder andern Zeit würde eine solche Frage, selbst von seinem Weibe, unsern Jaikew höchstlichst aufgebracht haben, jetzt war sein Denken und Fühlen in Schmerz untergegangen.

»Schmah Jisroel«, schrie er, »hast Du vergessen, daß wir uns ohne Reschojin genommen haben? Ich wett' mein Kopf, es ist wegen dem. Durch was hab' ich mich denn so versündigt?«

Es ist das ein eigenthümlicher Zug im Charakter guter Menschen, daß sie alles Unglück aus ihrer Schuld ableiten wollen. Dieses Fatum der ›Sünde‹ übt namentlich im Ghetto seine dunkle Macht. Vielleicht haben das die Propheten des alten Bundes verschuldet, die das Kleinste wie das Größte in das gemeinschaftliche Gefäß der ›Sünde‹ warfen, bis sie es überschäumen ließen. Der Niedersatz des verschütteten Maaßes ist im Ghetto geblieben. Und doch liegt unser Unglück so selten in uns, denn was hatte sich z.B. Jaikew Lederer versündigt, daß ein neuer König über Ägypten d.i. ein neuer Bürgermeister gekommen war?

Der neue Bürgermeister nun, voll Begierde, sich auszuzeichnen, wollte dazu auf den Schultern unseres Jaikew Lederer gelangen. Das Verhältniß des Ghettos zum ›Staat‹ ist noch immer der Art; es gibt so viele nicht aufgehobene, sondern nur ›eingeschlummerte‹ Bestimmungen und Verordnungen, die über dem Nacken eines Juden wie unsichtbare Schwerter hängen, daß selbst niedere Beamte sich in der Rolle eines kleinen ›Haman‹ gefallen können. Im Ghetto sind daher die Blicke, wenn so ein ›Neuer‹ kommt, stets in ängstlicher Erwartung auf ihn gerichtet. Was bringt er mit? Wird er sich auszeichnen wollen? Wie wird er gegen die Juden sein? Denn die sind sicher die Ersten an der Reihe – erst später und wenn ein langer Wirkungskreis sie mit der eigentlichen Milde des Richters vertraut machte, sieht man sie gleichsam von der Strenge ›nachlassen‹ und man hat Beispiele, daß sie das Ghetto oft zu seinen besten Freunden bekehrt hat. Hoffen wir übrigens dies auch von dem neuen Bürgermeister.

Für jetzt ist aber keineswegs daran zu denken. Der neue Bürgermeister will streng sein, er bekleidet seine Würde erst seit zwei Wochen – und darum wird es Jaikew Lederer büßen müssen, daß er ohne Reschojin geheirathet hat! – –

Ein stummer Schmerz, der sich nur zuweilen in laute Klagen Jaikews und in Thränen Resels auflöste, wogte durch die kleine Stube. Die beiden Eheleute sahen die eiserne Hand der ›Gerechtigkeit‹ vor ihren Augen auf- und niedergleiten, sie fühlten ihre unsichtbare Macht und wußten dennoch nicht wie ihr entgehen. Nach langem Brüten und Jammern, das sie zu keinem Entschluß gelangen ließ, rief endlich Jaikew, als wäre ihm ein Gedanke von Gott gekommen, freudig aus: »Weißt du was, Resel, mir fällt da was ein, schicken wir um den ›Advokaten‹, der muß uns einen guten Rath geben.« Resel war's zufrieden.

Der Advokat aber, das müssen wir früher sagen, war etwa kein gelehrter und studierter, sondern ganz einfach Rebb Lippmann Goldberger, von dem die Leute rühmten »er hat einen Kopf wie Eisen«. Nun, dieser eiserne Kopf war nicht so ganz sein Werk, sondern war erst in Folge vieler Erfahrung im juridischen Wesen herangebildet worden. Rebb Lippmann gehörte zu jener Gattung Staatsbürger, die das ganze Jahr in Processen ›bis über den Hals‹ stecken. Es verging nicht eine Woche, wo er nicht etwas auf dem Magistrat oder beim Kreisamt, oder sonst wo zu thun hatte. Dadurch und auch aus einem angebotenen Hang zur Rechthaberei, hatte er sich eine solche Kenntniß der ›äußern‹ Gerechtigkeit erworben, daß er sich getraute, seine meisten Prozesse auf eigene Faust durchzufechten. Bei den Leuten im Ghetto stand er deßhalb in großem Ansehen, denn er ließ ihnen aus dem reichen Schatze seiner Kniffe und Drehereien Manches zukommen, was ihnen bei ihren

Rechtsanhaben zu Gute kam. Er zeigte ihnen die Gänge, die sie zu thun hatten, legte gescheide Ausflüchte in ihren Mund, und wenn man ihm ein gutes Wort gab, so erfuhr er sogar von den Kanzellisten und Amtsdienern, mit denen er überhaupt auf dem besten Fuße stand, wann der und jener an die Reihe kommen werde, oder wann eine ›Eingabe‹ befördert und ›abgegangen‹ sei. Das Alles hatte ihm und zwar oft mit mehr Recht, als manchem gelernten, den Beinamen des ›Advokaten‹ zugezogen.

Der Advokat erschien. Er war nicht groß, ja eher unansehnlich, aber er hatte ein Gesicht, das wie lauter offene Messerklingen funkelte und blitzte. Man begriff sehr leicht den Kopf von Eisen. Bei seinem Eintreten fühlten sich die Eheleute sogleich um ein Merkliches erleichtert, so beruhigend wirkt die Nähe eines guten Rathes, selbst wenn er noch nicht gegeben ist.

»Nu«, fragte der Advokat und antwortete auf das ›Boruch Habo‹[5] Jaikews nichts, »was geht denn vor bei Euch? Machst Du nicht ein Gesicht, wie'n dreitägig Regenwetter?«

Jaikew begann nun seine Noth zu klagen, und wie er befürchte nur wegen des Reschojins die ›Zustellung‹ erhalten zu haben.

»Wo hast Du die?« fragte ihn unterbrechend der Advokat.

Die Zustellung lag noch auf dem Tische; Rebb Lippmann nahm sie zur Hand und trat damit zum Fenster, um sie besser lesen zu können. Da sah man ihn wohl eine Viertelstunde darin studieren, denn nach Art kluger und auf das Rechtswesen sich verstehender Leute, meinte der Advokat in jedem Komma und in jedem Pünktchen über dem i müsse ein geheimer Sinn wie eine Fallgrube versteckt liegen, den man nur durch Kopfzerbrechen und Nachdenken herausbringen könne. Man sieht der Advokat verstand sich auf das ›Recht‹. Nachdem er die Zustellung mehr als einmal durchgelesen und jedes Wort wie auf einer Goldwage zehnmal abgewogen, ehe er zu dessen Nachbar überging, warf er das Papier mit einer hastigen Geberde auf den Tisch und sagte:

»Kein Brösele braucht ihr Furcht zu haben, ich sags.«

---

[5] »Gesegnet sei der kommende.« Eben so antwortet der Eintretende weiter: »Gesegnet seien, die da sitzen: Boruch Joschwim.«

Die Zustellung enthielt auch wirklich nichts, als die einfache Vorladung daß sich der Jakob Lederer, Handelsjud' und die ledige Resel Mireles Dienstag früh um 9 Uhr auf der Rathsstube Nro. 5 um so sicherer einzufinden hätten, widrigenfalls u.s.w. Es war die gewöhnliche Sprache des Magistrats.

»Meinen Sie das im Ernst, Rebb Lippmann?« fragte Resel auf die Beruhigung des Advokaten.

»Kein Brösele braucht ihr Furcht zu haben«, wiederholte der noch einmal, »das sagt Lippmann Goldberger!«

Jaikew wollte aber der so kühn ausgesprochene Trost nicht recht einleuchten, er sagte etwas kleinlaut: »Wenn aber doch, Rebb Lippmann.« –

»Narr«, entgegnete jener mit einem überlegenen Lächeln, das sich über die Bedenken Jaikews mit einem Sprunge hinwegsetzte, »Narr, wenn man Dir etwas möcht' thun wollen, hätt' man Dir denn eine Zustellung ins Haus geschickt? Da wär' der Polizei gleich gekommen und hätt' Dich eingeführt. Meinst Du der Magistrat schreibt erst lang und will Dich erst in zwei Tagen sehen, wenn er Dich beim Kragen nehmen möcht'? Auf kein Fall brauchst Du dich zu fürchten, ich versteh' mich schon darauf.«

Damit ging er schon auf die Thüre zu, denn er hatte sich seiner Pflicht als Rathgeber bereits entledigt. Aber die beiden Eheleute fühlten sich durch die so kluge Auseinandersetzung des Advokaten zwischen ›sogleich packender und sich erst eine Weile geduldender Gerechtigkeit‹ nicht im Mindesten getröstet.

»Wenn aber doch, Rebb Lippmann?« fragte Jaikew, »Sie wissen ja, wir haben ohne Reschojin uns genommen, wenn man uns doch etwas thun will?«

»In der Zustellung steht's nicht«, sagte darauf der unbarmherzige Advokat, der wieder nach kluger Leute Art fest auf dem ›Buchstaben‹ das Gesetzes fußte, und drückte schon auf die Thürklinke, um fortzugehen.

»Wenn aber doch?« schrie die ängstliche Resel und lief ihm nach, die Thränen brachen ihr stürmisch aus den Augen; »wenn man uns wegen dem Reschojin fragte, um Gotteswillen, Rebb Lippmann was sollen wir thun? was sollen wir reden? Helfen Sie uns, rathen Sie uns!«

Der tiefe Jammer der Eheleute schien auf das juridische Herz des Advokaten denn doch einen Eindruck zu machen, er kehrte sich langsam um und setzte sich an das obere Ende des Tisches, wo er eine Weile nachdenkend vor sich niederblickte. Die beiden Eheleute standen in Angst und Erwartung.

»Gut«, begann er dann, »positus, ich nehm' den Fall an, man wird euch zwei nach dem Reschojin fragen, was sollt ihr da anfangen? Dich Jaikew wird man fragen: Ist's wahr, Jakob Lederer, daß Ihr die da hier stehende, besagte Jungfer Resel Mireles zu Euerm ehelichen Weib genommen habt? Was wirst Du darauf antworten?«

»Ja«, sagte Jaikew.

»Nein, nein«, schrie der Advokat und schlug heftig auf den Tisch, »nein, tausendmal nein, wie Du nur einmal: Ja sagst, bist Du criminalisch. – Dann wird man Dich ins Verhör nehmen Resel und da wird's wieder heißen: Ist's wahr, Resel Mireles, daß Euch hier stehender, besagter Jakob Lederer zum ehelichen Weib genommen hat? Was wirst Du darauf antworten?«

»Nein«, entgegnete die weinende Resel, die hier dem Advokaten zu Lieb' eine offenbare Unwahrheit sagte.

»Gut,« meinte Rebb Lippmann, »alle beide müßt ihr nein sagen, das schreibt euch gut auf und irrt euch nicht. Dann wird man Euch aber fragen: Also, Jakob Lederer, da Ihr die besagte Resel Mireles nicht wollt zum Weib genommen haben, was ist sie Euch denn? Denn Du darfst nicht meinen, daß die auf dem Magistrat kein' Kopf auf sich haben! Was willst du da drauf antworten?«

»Sie ist mein Weib, mein ehrlich genommen Weib!« rief, sich vergessend, Jaikew. Er hätte selbst vor dem Gericht keinen andern Ausruf gethan. Resel brach in Jammern aus.

»Red' Du nur zu«, sagte der Advokat ruhiger, als man erwarten sollte, vielleicht weil Jaikew geschrien hatte, »laß' Dich nur nicht ›lernen‹!« Dann aber erhob er seine Stimme mächtiger und voller, nun schrie er ebenfalls: »Will Dir denn das nicht in dein vernagelten Kopf eingehen, daß Du nicht *Ja* sagen darfst? Willst Du denn gleich

weg sein? Wenn man Dich fragt: Ist also besagte Resel Mireles nicht
Euer Weib, was ist sie Euch denn? so mußt Du darauf antworten:
Sie ist meine Haushälterin oder Wirthschafterin, und Du Resel mußt
sagen: Der Jakob Lederer hält mich aus. So kommt ihr beide aus der
Klemm'.«

»Seine Haushälterin«, jammerte Resel, »ich soll nur Dein' Haushälterin vorstellen, Jaikew? Hast Du das Dein Leben gehört?«

»Helft's euch anders«, sagte der Advokat und stand auf, »ich hab'
gerathen, was in mein Vermögen steht. Ich sags noch einmal, Resel
muß Dein' Haushälterin sein und sie muß sich von Dir aushalten
lassen. Anderes weiß ich nicht.«

»Gott, Gott«, rief Jaikew, »was hat denn nur der Kaiser davon,
daß er mich mit Weib und Kind nicht in Ruh' laßt? Was hab ich ihm
denn Leids gethan? Er kennt mich nicht, und ich kenn ihn nicht!«

»Ist das ein Red'!« schrie der Advokat zornig, weil sich seine ganze juridische Natur gegen diesen einfältigen Ausspruch sträubte.
»Willst Du denn haben, der Kaiser in Wien soll etwas von Jaikew
Lederer wissen? daß der ohne Reschojin sich ein Weib genommen
hat? Der Kaiser hat seine Magistrate und die haben wieder Vor-
schriften, der Kaiser selbst kann nicht hinausgehen über sie. Nu, das
wär noch gut, wenn der Kaiser von Jaikew Lederers Herzeleid was
wüßt'! der hat andre Sorgen im Kopf, er denkt jetzt villeicht an
Krieg mit England oder mit dem Ruß'.«

Nach dieser kurzen aber genügenden Belehrung über ›absolute
und beschränkte Monarchie‹ verließ der Advokat das Haus; aber er
hinterließ dort keine Beruhigung, keinen Trost. Was nützte jede
noch so kluge Verhaltungsmaßregel, wie sie sich vor dem Gerichte
benehmen sollten, bei Leuten, die nun einmal ohne Reschojin geheirathet hatten?

Resel wollte sich besonders mit dem Gedanken, daß sie nur die
Haushälterin Jaikews vorstellen sollte, gar nicht befreunden. Wir
wollen nicht einmal sagen, daß sie zwei kummervolle Tage in Thränen zugebracht; denn die ›Männer der Geschichte‹ werden es ohnehin nicht glauben wollen, wie die Nacht oft nicht finster genug war,
um die brennende Röthe auf Resels Wangen zu bedecken, wenn sie
an die ›Haushälterin‹ und an das ›ausgehalten werden‹ dachte! –

Dienstag in der Frühe, Schlag 9 Uhr, begleiten wir die beiden Eheleute nach dem Rathhaus. Wir gehen nicht geradewegs aus dem Ghetto über den Marktplatz, weil wir, der Schande wegen, nicht durch das große Thor eintreten wollen, was die Gewölbsfrauen unter den Lauben sehen könnten, sondern schleichen an der Hinterseite des Rathhauses vorüber, wo das Kriminal sich befindet und gehen dann mit klopfendem Herzen die enge Wendeltreppe hinauf, über die schon Mancher unter dem Geläute des Henkerglöckleins den letzten Weg gegangen ist, bis wir uns dem Bureau Nr. 5 gerade gegenüber befinden. Da lassen wir Jaikew Lederer und sein Weib von der freundlichen Polizei in Empfang nehmen, die Thüre schlägt krachend zu. Wir bleiben draußen.

»Jaikew Lederer«, sagte der Bürgermeister, »ihr habt ein Kind. Wie ist sein Name?«

»Benjamin, gestrenger Herr Bürgermeister.«

»Wie alt?«

»Acht Jahr' wird er auf unsere Ostern.« –

»Wer ist seine Mutter?«

»Ich!, gestrenger Bürgermeister leben!« rief Resel mit hervorquellendem Gefühl. Die alte ›Rose‹ sah in diesem Augenblicke wunderbar rührend aus.

Der Bürgermeister sah darauf eine Weile starr vor sich nieder, er schien auf neue Fragen zu sinnen. Man konnte auf dem Bureau Nr. 5 die Herzschläge der armen Mutter beinahe hören.

»Bekennt Ihr euch zu der Vaterschaft des Kindes, Jakob Lederer?« fragte er dann.

»Ich *bin* ja sein Vater!« –

Der Bürgermeister sann wieder nach.

»Und in welchem Verhältnisse lebt Ihr Resel Mireles zu Jakob Lederer?«

»Das versteh ich nicht, gestrenger Herr Bürgermeister.«

»Ich meine, gibt er Euch den nöthigen Unterhalt zur Verköstigung und Erziehung Eueres Kindes?«

Resel machte große Augen. »Er ist ja mein« – wollte sie sagen, sie besann sich aber schnell und verbesserte »er ist ja sein Vater.« – –

»Wessen Beinamen führt das Kind?«

»Lederer, gestrenger Herr« –

»Lebt Ihr im Hause Jakob Lederers, Resel?«

Vor Resels Augen that sich in diesem Augenblick ein ungeheueres Meer auf, das sie zu verschlingen drohte. Ihr Herzschlag wurde hörbarer, unter Thränen und Schluchzen rief sie endlich: »Ich bin ja seine Haushälterin, gestrenger Herr!«

Der Bürgermeister sah auf; sein Herz war nicht so böswillig, daß es den schmerzhaften Ausruf Resels überhören konnte. Er ahnte wohl den Zusammenhang der Sache, aber wir müssen zu seiner Ehre gestehen, daß er es bereute, die ›armen Juden‹ so weit getrieben zu haben – ein freudiger Beweis, daß wir uns in unserer frühern Hoffnung nicht getäuscht haben. –

Viel milder lauteten nun seine Fragen und nach dem Klange seiner Stimme konnte man beinahe vermuthen, er sei gerührt. Er erkundigte sich sogar theilnehmend nach den Vermögensumständen Jaikews, dann entließ er sie und als sie schon an der Thüre waren, rief er den Jaikew noch einmal zurück und sagte:

»Ich rathe Euch übrigens, Jakob Lederer, daß Ihr für Euer uneheliches Kind und für Euere Haushälterin so Sorge tragt, als wären sie Euer eheliches Kind und sie Euer Weib.«

Nur nicht gesorgt, gestrenger Herr Bürgermeister! So was vergißt ein Vater des Ghettos nicht!

Unten, vor dem Rathhause wartete der Advokat auf den Ausgang der Sache. Als er die beiden Eheleute mit heiler Haut zurückkommen sah, rief er ihnen sogleich entgegen: »Nu, bin ich ein Lügner gewesen? Habt ihr euch ein Brösele zu fürchten gehabt?«

Jaikew erzählte ihm nun freudestrahlend das ganze Verhör, und wie er sich wundere, daß vom Reschojin nicht einmal die Rede gewesen.

»Narr«, meinte der Advokat, »das wundert dich nur weil du das juristische nicht verstehst. In jeder Frag', die er an dich gestellt, ist auch der Reschojin gelegen; das muß auch der Magistrat so machen, weil er sonst niemals die Wahrheit möcht' herausbringen. Denn jeder Mensch, wenn er einmal vor Gericht kommt und wenn er noch so unschuldig ist, hat Lust zu läugnen. Eben deßwegen muß der kluge Magistrat seine Fragen so stellen, daß er Einen herumkriegt, bevor man's merkt.« –

Stillschweigend und in Gedanken schritt Resel neben den beiden Männern; sie schien auf die Rechtsauslegungen des Advokaten nicht Acht zu geben. Mit einem Male rief sie:

»Rebb Lippmann, sagen Sie mir, was ist das ein ›uneheliches Kind?‹ Der Bürgermeister hat's gesagt; ich hab's aber nicht verstanden.«

»Das ist ein Kind, wie jed's andere«, entgegnete der Advokat »– nur daß es keinen rechten Vater hat.«

»Was heißt das?«

»Weil es vor der Chasne (Hochzeit) ist auf die Welt gekommen –«

»Also ein Bankert?«

»Ja.«

»Wehgeschrien!« rief die unglückliche Resel und hob ihre Hände zum Himmel auf, »mein Kind ist also ein Bankert, mein Kind ist nicht ehrlich? Der Bürgermeister ist ein Lügner, wenn er das sagt, mein Kind ist so ehrlich wie nur eines ist in der Gaß', ich bin seine Mutter und Jaikew ist sein ehrlicher Vater, wer will mir das abstreiten?«

»Närrisch Weib«, sagte der Advokat, »Wissen wir denn das nicht ganz gut? Aber der Magistrat darfs nicht wissen, und zu was hätt'st Du denn jetzt zum Bürgermeister eingestanden, daß du nur die Haushälterin vorstellst von Jaikew Lederer?«

»Wehgeschrien! was hab' ich da gethan?« jammerte Resel, »ich hab' mein eigen Kind vor Gericht beschimpft, jetzt meint der Bürgermeister im Ernst, ich sei nur Jaikews Wirthschafterin und mein Kind ist – Gott sei davor, ein unehlich Kind? Was hab' ich gethan?«

»Mit *dem* Weib laßt sich gar kein Weisheit ausreden«, murmelte der Advokat vor sich, und da er gerade an seiner Wohnung vorüberkam, sprang er hinein und ließ die beiden stehen. –

Unter Wehklagen und schmerzhaften Ausdrücken ihres Jammers, die Jaikew nicht zu beschwichtigen wagte, ging Resel durch die Gasse. Die Leute sahen verwundert auf sie. Aber erst zu Hause brach ihr Schmerz maaßlos hervor, sie wußte sich lange nicht zu fassen. Das war ein trauriger Cholemoed! Hatte schon die ›Haushälterin‹ sie so tief gekränkt, so erfaßte sie das ›uneheliche Kind‹ am Marke ihrer Seele.

»Aber närrisch Weib«, sagte Jaikew zu ihr, »sollten wir denn nicht Gott im Himmel danken mit aufgehobenen Händ', daß uns der Bürgermeister so hat fortkommen lassen? Was schreist du noch und jammerst so?«

»Weil du das Kind nicht hast geboren«, entgegnete Resel, »so kannst du auch so reden. Liegts dir denn auf, daß man dein Kind auf dem Rathaus thut ein Bankert schelten? Und mein schmeckedig[6] Jüngel soll so heißen? Na, Jaikew, ich stell' mich eher auf den Thurm und schreie herunter, daß es alle Leut' hören können. Die ganze Welt solls wissen, daß Resel Lederer ist ein ehrlich Weib und ihr Kind auch. Ich will mir das schon richten, und wenn ich bis zum Kaiser auf Wien müßt' gehen.« – –

Wer kennt nicht jenes wunderbare Spiel der Seele, wenn sie auf hundert Gedanken zugleich wie auf eben so viel Instrumenten die weite Tragkraft ihrer Fittige versucht? Halbangeklungen tönen sie durcheinander, der eine kräftiger, der anderer stiller, bis ein einziger großer Gedanke, der früher bedeckt lag, allmählig anzuschwellen und immer mächtiger zu tönen anfängt. Dann muß man stille stehen, die andern müssen verstummen und nur der eine, große Gedanke behauptet das Feld. –

So ging es dem Weibe Jaikew Lederers mit dem ›zum Kaiser nach Wien gehen‹. Einmal angeklungen, wollte die Vorstellung, daß ihr Benjamin von der Majestät des Kaisers zu einem ›ehrlichen‹ Kind könnte umgestaltet werden, sie nicht mehr verlassen. Immer kam

---

[6] Schmeckedig statt schmeckend, ein beliebtes Schmeichelwort, das man den Kindern gibt.

sie wieder, Resel hörte sie gleichsam in sich wachsen, Gestalt annehmen und ans Tageslicht streben. Der Kaiser, nur der Kaiser konnte ihr helfen!

Es mag uns seltsam dünken, wie dieses einfache Weib aus der Tiefe seines Jammers sogleich zu dem ›Höchsten‹, was es nächst Gott im Himmel fassen konnte, so schnell gelangte. Aber im aufgeregten Zustande kennt die Seele keine allmähligen Übergänge; sie verzweifelt entweder oder sie erhebt sich. Wie hoch und herrlich geht auch der Kaiser im Ghetto umher! Ihn hält das Volk nicht für verantwortlich; er ist Bindung und Lösung, Gesetz und Willkühr – das Unmögliche kann er schaffen, das Mögliche unwirksam machen. Vielleicht verlieh er dem Jaikew Lederer eine ›Familie‹. –

Resel wollte also nach Wien gehen. In stiller Nacht wars, als sie ihren Mann weckte, um ihm ihren reiflich überdachten Entschluß mitzutheilen.

»Jaikew«, sprach sie, »ich geh' zum Kaiser auf Wien, ich will ihn um eine Familie bitten.«

»Gut Glück auf die Reis'!« sagte der schlaftrunken und sank wieder in die Kissen zurück. –

Am folgenden Tag trat sie ihm mit denselben Worten entgegen; er lachte dazu. Da ward sie böse und begann wieder ihre Klagen. In Jaikew selbst begann nun die Vorstellung von dem ›Höchsten‹ ebenfalls sich zu regen und zwar ging das ganz natürlich zu. Er bewunderte die Kühnheit seines Weibes, das so ›mir nichts, dir nichts‹ zum Kaiser nach Wien gehen wollte, und er bewunderte so lange, bis er sie auch anerkannte. Ohnehin ist das nur *ein* Sprung. –

Wieder wurde um den Advokaten geschickt. Er kam, man theilte ihm den Entschluß mit. Jaikew meinte, er würde ihn mit Spott überschütten und gänzlich verwerfen, aber da kannte er keineswegs die juristische Natur Lippmann Goldbergers. Ihm, der mit den Handhabern der irdischen Gerechtigkeit auf so vertrautem Fuße umging, der zu Kanzellisten und Amtsdienern freien Zutritt hatte, wie mußte ihm erst dieser Gang zum Kaiser, dem Höchsten aller Richter hoch und erhaben vorkommen!

»Wer hätt' das in Resel Mireles gesucht?« sagte er mit eingestemmten Händen und schaute das kühne Weib lange an. »Man hat gemeint, sie kann nicht zwei zählen und jetzt will sie geradwegs zum Kaiser gehen. Nur zugegangen Resel; ich will dir früher nur Einiges vorsagen wie du mit dem Kaiser wirst sprechen müssen, denn das ist kein Spaß, und ist auch etwas ganz Anderes, als wenn du mit dem Rosch Hakohl (Vorsteher) Schmul Brandeis reden würdest.«

»Ich bitt' Euch, Rebb Lippmann«, entgegnete Resel, die noch die ›Haushälterin‹ nicht verschmerzt hatte, »lernt mich nur nichts, wie ich reden soll; ich will schon sprechen mit dem Kaiser, wie mirs Gott auf die Lippen wird legen.«

Der Advokat lächelte, ihn freute diese sichergehende Entschlossenheit des Weibes, die er selbst am besten zu schätzen wußte. Man ersuchte ihn noch, die Bittschrift an Se. Majestät ›wegen einer Familie‹ aufsetzen zu lassen und die ganze Angelegenheit geheim zu halten. Der Advokat versprach sogleich zu einem bekannten Kanzellisten zu gehen. – Abends wußte man jedoch im ganzen Ghetto, daß Resel Mireles nach Jontef, zum Kaiser ›auf Audienz‹ fahren wolle.

Zur Zeit, als Resel aus dem stillen Böhmen nach dem lustigen Wien reiste, kam man dort nicht so schnell an, wie heutzutage. Man mußte drei Tage und zwei Nächte in einem fort fahren, ehe man die Spitze des Stephansthurms vor sich auftauchen sah. Jetzt ist dem ›Volke‹ ganz wohl und es hat auch nichts mehr zu wünschen. Was will es mehr?

Das ›Volk‹ steht heute vor irgend einem Bürgermeister – das ›Volk‹ ist mit diesem Bürgermeister nicht zufrieden. Abends setzt es sich auf die Eisenbahn, und ist am andern Tag in der Frühe zur Audienz in Wien! Es wäre wirklich Undank, wollte man mehr fordern.

Das Erste, woran nun Resel in der großen Weltstadt denken mußte, war aufs ›Judenamt‹ zu gehen, um dort Paß und Aufenthaltskarte zu holen. Das lag auch ganz in der Natur der Sache – die Polizei steht immer vor dem Kaiser! In der schmutzigen Vorstube des ›Judenamtes‹ fand Resel wohl an achtzig Männer, Weiber und Kinder ihres Glaubens, sie alle harren auf den ersehnten Augenblick, daß der Polizeisoldat, der die Thüre zur Kanzlei hütete, sie ihnen öffnete. Das geschah endlich und von einer solchen Menschenwoge, die durch das offene Heiligthum einströmte, wurde auch Resel mitgespült. Nun wurde Einer nach dem Andern aufgerufen, bei Manchem wurde ein vollständiges Verhör vorgenommen über Zweck, Absicht und Länge des Aufenthaltes und dann nahm der strenge Schreiber zuweilen Anstand ihm die ›Wiener‹ Luft zu erlauben. Wieder Andere schienen in großer Gunst bei dem Schreiber zu stehen, denen wurde die Aufenthaltskarte schnell ausgefertigt. Keiner konnte sich aber über Zartheit und Höflichkeit der Aufnahme beklagen; dem Schreiber waren Alle gleich, wie das auch vor dem ›Gesetz‹ recht und billig ist!!

»Wo kommt sie her?« fragte er eine ›vazirende‹ Köchin, die an der Schranke des Bureaus stand.

»Aus Nr. 108«, sagte diese mit gesenkten Augen.

Ein unsterbliches Gelächter kam aus dem Munde des Schreibers.

»Hob' mirs gdenkt«, wiederholte er mehrmals vor sich hin und lachte so ›unsterblich‹ weiter, bis er mit der Aufenthaltskarte fertig war.

Die Reihe kam endlich auch an Resel. Sie trat an die Schranke vor, der Schreiber sah ihren Paß durch. Resel zitterte, mehr noch als vor dem Bürgermeister.

»Ledig?« fragte er und blickte zu gleicher Zeit in den Paß, wo Jaikews Ehefrau so bezeichnet stand und auf Resel, die bei dieser Frage in tiefer Röthe erglühte. Sie glich übrigens in der Haube und ihren ›weib‹ gewordenen Gesichtszügen keineswegs einer ›Ledigen‹.

»Ja,« sagte sie stockend.

»Wann ist sie denn zum letztenmal *ledig* gewesen?« rief der Schreiber, indem er auf das betreffende Wort einen besondern Nachdruck legte, und lachte dabei noch unsterblicher als bei der Köchin aus Nr. 108. Resel schwieg gekränkt, die Zeichen tiefer Entrüstung lagen in ihren Augen und auf ihren Wangen.

»Was will sie hier thun?« fragte wieder der Schreiber.

»Zum Kaiser gehen –«

»Sie?«

»Auf Audienz!«

Der Schreiber that nun keine weitere Frage; er schrieb die Aufenthaltskarte und händigte sie ihr ein. Mit erleichtertem Herzen verließ Resel die dunkeln Bleikammern des ›Judenamtes‹.

Nahe an zwei Stunden irrte sie dann in den großen Gassen umher, ehe sie zu dem ›Tracteurhause‹ in der ›Preßgasse‹ gelangen konnte, wo sie eingekehrt war. Es ist das eigenthümlichste Gefühl, sich so mit den Menschen, die man antrifft und um den Weg befragt, in offene Bekanntschaft zu setzen. Das ist gleichsam für solche, die Nöthiges zu thun haben, eine Brandschatzung in Worten, der sich nicht jeder gern unterwirft. Nach vielen Her- und Hinschleudern kam Resel endlich in die ›Seitenstättengasse‹, von wo sie noch einige Schritte zu dem Tracteurhause hatte. Als sie an dem großen Hause, worin sich der jüdische ›Tempel‹ befindet, vorüberging, stand ein Mann davor, der als er der Vorbeischreitenden ins Gesicht gesehen hatte, plötzlich rief: »Ist das nicht Resel Mireles, mein Vetters Tochter?« Resel erkannte nun den Mann auch ihrerseits, es war Rebb Szimche Wolf, ihrer Mutter Bruderssohn, der schon seit vielen Jahren in der großen Kaiserstadt wohnte, in deren Gassen und Häusern er Hausirhandel trieb.

»S' Gottswillkumm' in Wien!« rief Vetter Szimche freudig, nachdem sich die Verwandten richtig als solche befunden hatten, »was thust Du hier?«

Resel erzählte ihm die Absicht ihrer Herreise, und daß sie zum Kaiser auf Audienz gehn wolle. Der Hausirer zeigte darüber nicht die geringste Verwunderung, denn seit längerer Zeit in der Residenzstadt lebend, war ihm der ›Kaiser‹ kein ungewöhnlicher Gedanke mehr, er konnte ihn ja alle Tage, wenn er nur wollte, auf der ›Bastei‹ oder im Prater spazieren sehen. Dann fragte er sie um ihre Wohnung und da ihm Resel das Tracteurhaus als solche bezeichnete, bestand er fest darauf, sie müßte in seine eigene ziehen, wo sie unter ›Freund‹ leben könne. Mit Freuden nahm Resel diesen Vorschlag an. –

Mit ihrem Gepäcke unter dem Arm ging sie nun an der Seite ihres Vetters zur Stadt hinaus. Denn der Hausirer wohnte draußen in der Rossau. Seine Frau und Kinder hießen die Angekommenen freundlich willkommen, wiewohl sie selbst in zwei kleinen Stuben sich ganz enge behelfen mußten. Auch ihnen mußte Resel den Zweck ihrer großen Fahrt nach Wien berichten, aber auch sie wunderten sich nicht im Geringsten. Nur der Student, der den Lehrer der Kinder Szimches vorstellte und dafür Kost und Quartier bekam, zeigte darüber einiges Befremden.

»Haben Sie sich auch eine gute Bittschrift aufsetzen lassen?« fragte er; denn man muß wissen, daß der Student sich auch mit diesem Fache beschäftigte.

Resel bejahte es und holte die Bittschrift. Der Student nahm sie zur Hand und begann darin still zu lesen. Kaum war er aber über die ersten Zeilen, als er in ein lautes Gelächter ausbrach. Resel erschrak und fragte ihn, warum er denn lache, und ob er was Unschickliches darin gefunden habe.

»Wer hat denn die Bittschrift aufgesetzt?« fragte er noch immer lachend.

»Ein Kanzellist vom Magistrat.«

»Und mit der Bittschrift wollen sie zum Kaiser gehn?«

»Warum nicht?«

»Weil man Sie mit der Bittschrift hinauswirft beim Kaiser.«

Das konnte aber Resel nicht glauben, sie hielt sich für versichert, daß der Kaiser jede Bittschrift, sie laute wie sie immer wolle, gnädig aufnehme, wenn sie ihm nur die Sache gehörig ans Herz lege.

»Das ist's ja eben«, rief der Student, »was das Papier da nicht enthält. Die Bittschrift ist ein elendes Machwerk, das nicht ein Kanzellist, sondern ein Ofenheizer beim Kreisamt gemacht haben muß. Vom *Styl* will ich gar nicht reden.«

Jetzt wurde Resel wirklich geängstigt. Denn was sollte sie mit einer schlechten und nahe zu verwerflichen Bittschrift anfangen; wenn schon der Student dazu lachte, was mußte erst der Kaiser dazu thun? dachte sie. Da kam ihr der glückliche Gedanke, daß sie den Studenten bat, ihr doch das Papier vorzulegen; denn in der

Hast ihrer Abreise, hatte Resel mit ihrem Mann die Vorsicht vergessen, sich mit dem Inhalt bekannt zu machen. Wie konnten sie auch daran denken, daß aus des Advokaten Händen ein ›Machwerk‹ statt einer Bittschrift hervorgehen werde?

Der Student bereitete sich mit einer gewissen höhnischen Freude zum Vorlesen, und indem wir selbst bei dieser Gelegenheit, die ganze Bittschrift viel besser als bei der Audienz hören können, wo sie der Kaiser nur stille durchsehen wird, schicken wir auch voraus, daß wir sie ohne die spaßhaften und kritischen Bemerkungen des Studenten über Rechtschreibung und Styl vollständig und unverstümmelt an den Fürsten selbst wollen gelangen lassen. Die Bittschrift lautete:

>>Allergnädigster und durchauslauchtigster Herr Kaiser,
Euer kaiserlich königlicher Majestät!

Ich ergebenst Unterfertigte bin nur ein ganz gemein Weib, und thu' mich doch erdreisten vor das Angesicht Euer kaiserl. königl. Majestät hinzutreten. Was hätt' ich aber anders anfangen sollen? Euere kaiserl. königl. Majestät sein wie das Sonnenlicht am Himmel, was überall thut Wärme und Glanz ausbreiten und warum sollt' sich so ein arm Judenweib nicht auch getrauen, ein Stückel von diesem Licht zu bekommen? Ich hab' mich auch nicht lang bedenkt und hab' die weite Reis' von Böhmen auf Wien gemacht und komm' Euer kaiserl. königl. Majestät fußfällig und auf meinen Knien bitten, dem Jaikew Lederer eine ›Familie‹ zu geben. Dieser Jaikew Lederer, Euer kaiserl. königl. Majestät, ist der beste Mensch von der Welt und er ist schon in meinem zwanzigsten Jahre mein Bräutigam gewesen. Aber bei allem dem hat ihn Gott unschuldigerweis' mit Unglück geschlagen; denn ich frag' Euer kaiserl. königl. Majestät selber, was kann der Jaikew Lederer dafür, daß er ein Viertgeborner ist? und der Magistrat hat ihm darumb auch keine ›Familie‹ wollen geben. Der Jaikew Lederer ist einmal mein Bräutigam gewesen; hätt' er mich denn in sein Leben nicht nehmen sollen? Jeder Bauernjung und Holzhacker bei uns kann das thun, und der arme Jaikew Lederer, weil er Jud' ist, soll sich kein Weib nehmen dürfen? In unsern Synagogen thut man eben so für Euer kaiserl. königl. Majestät Leben und Gesundheit zu Gott dem Allmächtigen bitten und da steh' ich und Jaikew Lederer immer auf und thun auch mitbeten, wenn unser Vorsänger anfängt zu singen. Also thu' ich Euer kaiserl. königl. Majestät, meinen allergnädigster und allerdurchlauchtigster Kaiser auf meinen Knien anflehen, wie daß Euer kaiserl. königl. Majestät ruhen möge, dem Jaikew Lederer eine Familie zu geben. Es soll das nicht geschehen wegen ihm oder wegen meiner; denn ich leb' schon mit dem Jaikew über ein und zwanzig Jahr, sondern wegen dem Kind, was ich von ihm hab' und das ist als ein uneheliches eingeschrieben worden auf dem Rathaus. Ich schwör aber zu Gott, Euer kaiserl. königl. Majestät, daß mein Kind ist ein ehrlich Kind und braucht nicht roth zu werden vor der Welt. Geben nur mein allergnädigster Herr Kaiser dem Jaikew Lederer eine Familie, so ist uns Beiden und dem Kind auch geholfen. Also thu ich noch einmal und auf fußfällig anflehen, Euer kaiserl. königl. Majestät möcht den Jaikew Lederer begnadigen, weil er ein sehr guter Mensch ist und will auch auf meine Thränen heruntersehen, die ich vor Herzeleid schon hab' geweint. Euer kaiserl. königl. Majestät sein so gut und helfen so vielen Menschen, was soll denn aus der allerunterthänigst Unterfertigten werden, wenn ihr nicht geholfen wird? Wenn Eine auf Erden ist und lebt, die zu Gott betet, für Euer kaiserl. königl. Majestät Leben und Gesundheit und glorreiche Regierung, so ist es gewiß die allerunterthänigst Unterfertigte,

die in Ehrfurcht sterben thut
vor Euer kaiserlichen königlichen Majestät

ergebenste und niedrigste Unterthanin
Resel Mireles.«

Wer den Verfasser der Bittschrift bis jetzt noch nicht erkannt hat, dem können wir wahrhaftig nicht helfen. Der Kanzellist vom Magistrat war es nicht. – –

»Und mit *dem* da wollen Sie zum Kaiser gehen?« rief wieder der Student, als er zu Ende gekommen und brach in ein neues Gelächter aus.

Auf Resel hatte aber die vorgelesene Bittschrift einen gewaltigen Eindruck gemacht; sie hatte die Augen voll Thränen. War denn ihr tiefes Weh darin nicht hinlänglich geschildert, brauchte der Kaiser mehr? Eine innere Stimme, die ihr schon zur Reise nach Wien angerathen, sprach mächtig in ihr, sie hielt die Bittschrift für gut genug. Als der Student zuletzt seine höhnische Bemerkung ausstieß, stand sie rasch auf und nahm ihm das Papier aus der Hand.

»Ich will gar keine andere«; sagte sie mit der Freudigkeit eines gewissen Stolzes, »die Bittschrift ist gut genug, sie meint's, wie ich's mein, der Kaiser wird sie schon verstehen.«

»Meinetwegen«, entgegnete der Student mit Achselzucken, »die Bittschrift ist, um mich nur gelinde auszudrücken, ein elendes Machwerk ohne Styl und Form; hätte Ihnen jedenfalls eine bessere gemacht.«

Trotz dieser nun offen ausgesprochenen Absicht, blieb Resel dennoch bei ihrem Vorsatz, sie wollte mit keiner andern zum Kaiser gehen. Der Student lächelte nur verächtlich und zuckte ein über das anderemal die Achseln. –

Später ließ sie sich in die kaiserliche Burg aufs Oberhofmeisteramt führen, wo sie den Zettel zur Audienz erhielt, die auf morgen um 8 Uhr anberaumt war. Resel war die Achte an der Reihe. –

Abends wollte man sie in's Leopoldstädter Theater führen, wo sie gerade eine lustige Posse aufführten. Man versprach ihr ungeheuren Spaß davon, sie aber sprach wie Hannah, die Mutter Samuels: »Wie kann ich lachen gehen in die Komödie, wenn mein Herz ist voll Traurigkeit und Bängniß? Weiß ich denn schon, ob ich beim Kaiser was werd' ausrichten? Meine Seel' ist so voll Angst und Schauer, daß mich das eigne Wort erschreckt, was ich sprach.« Sie wollte sich auch nicht in der Stadt herumfahren lassen, um die Merkwürdigkeiten zu besichtigen. »Bin ich denn dessenthalb auf Wien gekommen?« meinte sie, »ich muß an mein Kind denken. Das ist mir das Merkwürdigste.« –

Nachts konnte das arme Weib lange nicht schlafen. Die morgige Audienz, die Erinnerung an Mann und Kind, der Bürgermeister und der Advokat, ihr ganzes Weh aber auch die Hoffnung seines baldigen Endes zogen in wirren Bildern an ihrer Seele vorüber. Sie wachte noch, als die Töchter ihres Vetters aus dem Leopoldstädter Theater zurückkamen, sie traten lachend und singend ein, und erzählten sich im Bette noch lange nachher von den Späßen des Komikers und wie lustig das ganze Stück gewesen sei. Resel beneidete halb diese Sorglosigkeit und dachte sich, wie glücklich doch diese Leute in Wien sein müßten, die Tag für Tag in die Komödie gehen könnten, immer heiter und vergnügt, die das Leben genießen, wie kein Anderer. »Was hat man aber in der Khille (Gemeinde)? Nichts als Kummer und Verdruß.« Mit diesen Gedanken schlief sie ein. –

Es war gegen zwei Uhr in der Nacht, als sie plötzlich durch ein heftiges Pochen an der Hausthüre aus dem Schlafe geweckt wurde. Sie schlug erschrocken die Augen auf, da sah sie ein seltsames Schauspiel in der Stube. Ihr Vetter Szimche lief halbnackt mit einem Licht in der Hand, wie wahnsinnig auf und nieder; Frau und Kinder waren ebenfalls aus ihren Betten aufgesprungen und standen mit bleichverstörten Gesichtern um ihn herum. Das Pochen an der Thüre dauerte fort. –

»Um Gotteswillen«, schrie Resel, »was ist geschehen, ist wo Feuer im Hause?«

»Still, still«, flüsterte man ihr zu, »die Polizei ist vor der Thür', wir haben keine Aufenthaltskarte.«

Das Klopfen wurde immer stärker und heftiger, dazwischen tönten drohende Stimmen von draußen. In der Stube stieg die Verwirrung aufs Höchste, Szimche lief noch immer mit dem Licht in der Hand wie sinnenverwirrt in der Stube herum, Resel konnte deutlich hören, wie ihm die Zähne knackend auf einander schlugen. Der Student schien noch die meiste Geistesgegenwart zu behaupten, er schrie ihm zu, sich doch zu besinnen, oder zu öffnen. Die Schläge an der Thüre wiederholten sich. Da ermannte sich endlich Szimche von seinem Schrecken; er riß das Leintuch aus dem Tuche, wickelte es rasch um den ganzen Leib und warf sich in der Mitte der Stube auf den Boden nieder. Resel sah diesem Beginnen mit ängstlicher Erwartung zu.

»Jetzt stell's mir ein Licht zu Kopf«, befahl Szimche, »und macht's auf. Sagt der Polizei, daß ich todt bin.«

Das war ein furchtbarer Augenblick. Der Student nahm das Licht und stellte es dem Todtlebendigen zu Häupten. Seine Tochter schlug ihm das Leintuch über das Gesicht, die Frau war zur Thüre gegangen, um der Polizei zu öffnen. Gleich darauf traten zwei Vertraute in Begleitung mehrerer Soldaten ein; ihr erster Blick fiel auf die Leiche am Boden. Es sah wirklich wie in einem Todtenhause aus. Bleiche verstörte Gesichter rings herum, die der Polizei ihren Schmerz um ein so eben Verlorenes, Theueres, deutlich genug erzählten.

»Wann ist er gestorben?« fragte der eine Vertraute und trat zur Leiche hin.

»Grad vor einer Stund'«, sagte die Frau, zitternd vor Angst.

Der Vertraute schlug der Leiche das Tuch vom Antlitz weg und ließ es sogleich wieder sinken.

»Der ist todt«, sagte er zu den andern, »Wir haben hier nichts Weiteres zu thun.« Sie gingen darauf fort, ohne um die Aufenthaltskarte gefragt zu haben.

Kaum aber war die Polizei zum Hause hinaus und man konnte noch den Schall ihrer Tritte in der einsamen Gasse vernehmen, als Szimche aufsprang und das Leintuch von sich abwarf.

»Nu«, rief er, »hab ich den Todten nicht gut gemacht? Kein Federl hat an mir gezuckt. Schön sind sie angekommen.«

Und als wäre er wirklich auferstanden aus den Banden des Todes, standen die andern freudig um ihn und lachten und scherzten über die Gefahr, die sie einen Augenblick vorher so sinnlos gemacht hatte. Das Licht wurde wieder ausgelöscht, man suchte die Betten auf und eine Viertelstunde später war es still in der Stube. Keiner hätte es geahnt, daß diese Menschen so eben in den Rachen einer furchtbaren Gefahr geblickt hatten[7] .

Resel aber lag vom fieberhaften Frost der Angst befallen und konnte die übrige Nacht kein Auge mehr schließen. Mit Thränen

---

[7] Nur die ›tolerirten‹ Juden, das sind solche mit Genehmigung der Regierung geduldete, genießen ihren Aufenthalt in Wien ohne sonstige Behelligung und Störung, die übrigen müssen ›Aufenthaltskarten‹ lösen, denen besonders die armen Hausierer, die oft seit ihrer Kindheit schon in Wien leben, schon um des Zeitverlustes willen, den ein jedesmaliger Besuch des ›Judenamtes‹ mit sich bringt, auf mannigfache Weise zu entgehen wissen. Die Polizei – und was sollte ihr unbekannt sein? – kennt und weiß das Alles. Dafür hält sie nächtliche Hausuntersuchungen – die ohne Karte Betretenen erwartet der ›Schub‹. Infandum renovare dolorem .

benetzte sie ihr Lager, denn es ahnte ihr nicht Gutes für Morgen. Wie wollte sie in einer Stadt, wo sich ihr Vetter Szimche todtstellen mußte, um der Polizei zu entgehen, eine ›Familie‹ und einen ehrlichen Namen für ihren Benjamin bekommen? Auch beneidete sie nicht mehr die Töchter ihres Verwandten – litten sie für das Vergnügen, tagtäglich in's Leopoldstädter Theater zu gehen und da die Possen des Komikers belachen zu können, nicht Angst und Jammer genug? –

Der Kaiser hatte die Bittschrift gelesen – er hatte gelächelt. Resel war in der Thüre des Audienzzimmers in die Knie gesunken, sie war einer Ohnmacht nahe. Da trat der milde Herrscher auf sie zu und mit einer Stimme, die wie ein goldener Strom auf sie fiel, sagte er ihr: »Steh' auf mein Kind, man muß nur vor Gott knieen.« Aber Resel stand nicht auf; aus der Tiefe ihrer Seele rief sie zu dem Herrscher auf. »Gnade, Gnade, Euer Majestät, geben Sie meinem Jaikew eine Familie!«

Da fragte der Kaiser:

»Ists wahr, daß du schon einundzwanzig Jahr mit ihm lebst?«

»Es sind schon bald zweiundzwanzig«, entgegnete sie – »und ich hab' auch ein Kind.«

Der Kaiser ging hierauf zum Tische, worauf die Bittschrift lag, und schrieb etwas auf die Rückseite derselben.

»Jetzt geh nur, mein Kind«, sprach er dann mit echt menschlicher Milde, »dein Jaikew wird eine Familie bekommen. Verlaß dich darauf, es wird schon besser werden.« –

Resel ging. Hätte ihre Seele in diesem Augenblicke das irdische Gewand abgestreift, ein Gebet für den Kaiser wäre das Erste gewesen, womit sie die Lichthallen des ewigen Lebens betreten hätte!

Vier Wochen darauf, nachdem Resel schon längst zurückgekehrt, hundertmal um die ›Audienz‹ befragt und angestaunt worden, erhielt Jaikew Lederer eine neue ›Zustellung‹ vom Bürgermeister, aufs Rathhaus zu kommen. Mit freudiger Ahnung im Herzen ging er diesmal die enge Wendeltreppe zum Bureau Nr. 5 hinan. Wie aber ward ihm erst, als der Bürgermeister mit freundlichen Worten erklärte, »es sei allerhöchster Befehl gekommen, dem Jaikew Lederer die erste beste Familie zu verleihen, und da gerade eine erledigt sei, so solle er darum nur ›einreichen‹, sie werde keinem andern zu Theil werden!« – –

Vierzehn Tage darauf war Jaikew Lederer ›Familiant‹. –

Nun entstand unter den Eheleuten die sonderbare Frage, ob sie denn – eine neue Hochzeit feiern sollten. Jaikew bezeigte wenig Lust, denn er meinte: »Jetzt bin ich Familiant, was scheert mich die Welt?« Resel aber sagte: »Na, Jaikew, so mein ich's nicht. Wenn ich auf Wien gegangen bin, für dich um eine Familie zu bitten, so will ich auch eine ordentliche Chasne machen. Reichen wir also um eine Reschojin (Bewilligung) ein.«

Das ganze Ghetto lobte diesen Entschluß. Wieder wurde das dicke Bündel mit Zeugnissen, Gutachten und Bestätigungen gesammelt, wie wir sie schon früher in den Leiden und Drangsalen Jaikews erwähnt haben. Denn die Gnade des Kaisers hatte ihm wohl die ›Familie‹, aber noch nicht den ›Reschojin‹ verschafft. Der mußte natürlich seinen gewöhnlichen Gang gehen. Lustig war es, daß das alte Ehepaar sich auch aus dem ›Bne Zion‹ mußte prüfen lassen und noch lustiger, was dabei vorfiel.

»Sag' sie mir«, fragte der Kreiskommissär, der sie prüfte, »welche Pflichten hatte eine Mutter gegen ihre Kinder?«

Resel besann sich etwas lange, dann sagte sie mit strahlendem Gesichte:

»Sie gern haben, Herr Kreiskommissär.«

Der Kreiskommissär sah den Rabbiner, der ihn wieder an. Sie lächelten beide über die – Einfalt des Weibes.

»Und *er*«, fragte man den Jaikew, »sag' er mir, wie heißt das neunte Gebot?«

Dem Jaikew wollte das im Augenblicke gerade nicht einfallen; der Kreisrabbiner fing also das Gebot selbst an, um ihm auf die Bahn zu helfen.

»Du sollst nicht begehren nach deines Nächsten Weib –«

»Schöne Frag' das, Rebbe Leben«, lächelte Jaikew; »hätte ich denn so lang auf mein Resel gewart, wenn ich hätt' begehren wollen nach eines Andern Weib? Das Gebot hat Gott *nicht* gegeben für *mich*!«

Lachend entließ der Kreiskommissär das alte Brautpaar, und stellte ihnen das Zeugniß aus, daß sie aus dem ›Bne Zion‹ sehr wohl bestanden seien, woran im Grunde niemand zweifeln wird, denn die ›Moral‹ haben Resel und Jaikew doch verstanden. –

Der Reschojin ließ diesmal statt der vierzehn Jahre noch einmal so viele Wochen auf sich warten – immerhin ein bedeutender Unterschied.

Der Hochzeitstag ward nun festgesetzt. –

Die Trauung unter der Chuppe (Brauthimmel) verrichtete nun nicht mehr ein armer Rebbe auf dem Dorfe, sondern der Kreisrabbiner selbst vollzog sie, wie es die Sitte erheischt, unter freiem Himmel. Resel trug ein seidenes Kleid und unter der goldenen Haube rannen diesmal nichts als Freudenthränen hervor. Sie gefiel auch dem Jaikew so wohl, daß er selbst gestand: »Du siehst heut' wie ein zwanzigjährig Mädel aus.« – – –

Am Hochzeitstische herrschte die lauteste Lustigkeit! Das ganze Ghetto hatte Geschenke geschickt, die nun unter Paukenklang vom Schuldiener ausgerufen wurden. Der reiche Schmul Brandeis hatte sich sogar herbeigelassen, vier silberne Leuchter dem Brautpaar zu verehren.

Gegen Abend, als die Freude schon aufs Höchste gestiegen war, sprang Salme Floh, der auch eingeladen war, plötzlich auf den Tisch und gebot Stillschweigen.

»Balbatim und Weiber«, rief er, »ich will euch ein Räthsel aufgeben: Wer ist heute zur Chasne am zeitlichsten gekommen?«

»Jaikew und Resel«, hieß es von allen Seiten.

»Gefoppt, gefoppt«, schrie der Räthselsteller, »Jaikews kleiner Benjamin wars, der ist um acht Jahr' zu zeitlich gekommen.« – –

Alles lachte und lärmte durcheinander, sogar Resel, die sonst in diesem Punkt keinen Spaß verstand. –

Dann sprang auch der Advokat Rebb Lippmann Goldberger auf den Tisch:

»Und wem, meints ihr«, schrie er, »wem verdankt's Jaikews Benjamin, daß er da sitzt bei der Chasne und ein Stück Tort aufißt?«

»Resele, Resele«, rief man ihm entgegen, »die ist ja beim Kaiser gewesen.«

»Gefoppt, gefoppt«, schrie er nun seinerseits, »Mir hat ers zu verdanken, denn ich hab' die Bittschrift an den Kaiser gemacht.«

Allgemeines Staunen folgte diesen Worten, dann Erklärung Lippmanns, wie er, statt zum Kanzellisten zu gehen, die Bittschrift selbst aufgesetzt habe, damit der Kaiser seine eigene Schrift lese, dann stürmischer Dank des Brautpaares und Jubel und Freude von allen Seiten...

Aber, Herr Advokat! haben wir denn das Alles nicht schon in Wien gewußt??

Über den Autor

Geboren am 15.05.1822 in Müchengrätz/Böhmen, gestorben am 23.11.1886 in WienKompert verbrachte als Sohn jüdischer Eltern eine ärmliche Jugend im Ghetto und begann 1832 das Studium der Philosophie in Prag. Aufgrund seiner Mittellosigkeit begab er sich 1838 auf eine Fußreise nach Prag. Dort erhielt er 1839 eine Anstellung als Hofmeister bei einem Kaufmann. Von 1843-1847 war er Hofmeister beim Grafen Andrassy in Ungarn. Ab 1848 studierte er Medizin in Wien und begann dort seine journalistische Laufbahn.

Über tredition

Eigenes Buch veröffentlichen

tredition wurde 2006 in Hamburg gegründet und hat seither mehrere tausend Buchtitel veröffentlicht. Autoren veröffentlichen in wenigen leichten Schritten gedruckte Bücher, e-Books und audio-Books. tredition hat das Ziel, die beste und fairste Veröffentlichungsmöglichkeit für Autoren zu bieten.

tredition wurde mit der Erkenntnis gegründet, dass nur etwa jedes 200. bei Verlagen eingereichte Manuskript veröffentlicht wird. Dabei hat jedes Buch seinen Markt, also seine Leser. tredition sorgt dafür, dass für jedes Buch die Leserschaft auch erreicht wird.

Im einzigartigen Literatur-Netzwerk von tredition bieten zahlreiche Literatur-Partner (das sind Lektoren, Übersetzer, Hörbuchsprecher und Illustratoren) ihre Dienstleistung an, um Manuskripte zu verbessern oder die Vielfalt zu erhöhen. Autoren vereinbaren direkt mit den Literatur-Partnern die Konditionen ihrer Zusammenarbeit und partizipieren gemeinsam am Erfolg des Buches.

Das gesamte Verlagsprogramm von tredition ist bei allen stationären Buchhandlungen und Online-Buchhändlern wie z. B. Amazon erhältlich. e-Books stehen bei den führenden Online-Portalen (z. B. iBookstore von Apple oder Kindle von Amazon) zum Verkauf.

Einfach leicht ein Buch veröffentlichen: **www.tredition.de**

Eigene Buchreihe oder eigenen Verlag gründen

Seit 2009 bietet tredition sein Verlagskonzept auch als sogenanntes "White-Label" an. Das bedeutet, dass andere Unternehmen, Institutionen und Personen risikofrei und unkompliziert selbst zum Herausgeber von Büchern und Buchreihen unter eigener Marke werden können. tredition übernimmt dabei das komplette Herstellungs- und Distributionsrisiko.

Zahlreiche Zeitschriften-, Zeitungs- und Buchverlage, Universitäten, Forschungseinrichtungen u.v.m. nutzen diese Dienstleistung von tredition, um unter eigener Marke ohne Risiko Bücher zu verlegen.

Alle Informationen im Internet: **www.tredition.de/fuer-verlage**

tredition wurde mit mehreren Innovationspreisen ausgezeichnet, u. a. mit dem Webfuture Award und dem Innovationspreis der Buch Digitale.

tredition ist Mitglied im Börsenverein des Deutschen Buchhandels.

Dieses Werk elektronisch lesen

Dieses Werk ist Teil der Gutenberg-DE Edition DVD. Diese enthält das komplette Archiv des Projekt Gutenberg-DE. Die DVD ist im Internet erhältlich auf **http://gutenbergshop.abc.de**